Analyse de l'œuvre

Par David Noiret
et Florence Balthasar

L'Attentat

de Yasmina Khadra

lePetitLittéraire.fr

Rendez-vous sur lepetitlitteraire.fr et découvrez :

Plus de 1200 analyses
Claires et synthétiques
Téléchargeables en 30 secondes
À imprimer chez soi

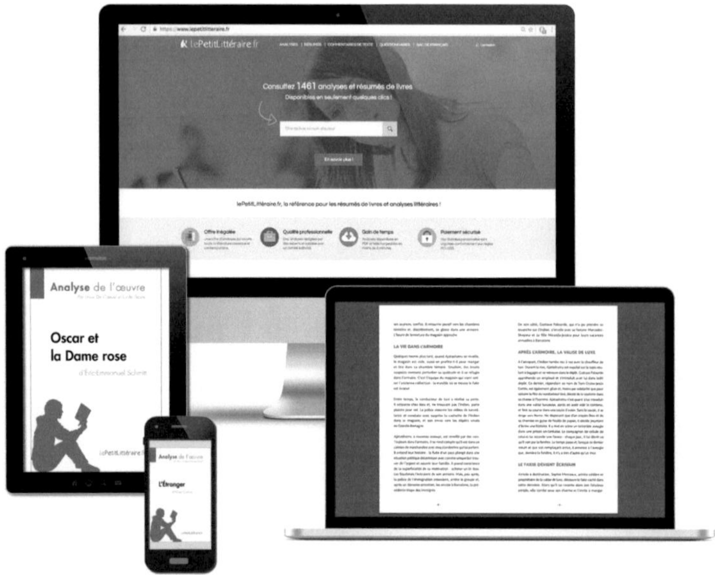

YASMINA KHADRA

ÉCRIVAIN ALGÉRIEN DE LANGUE FRANÇAISE

- **Né en 1955 à Kenadsa (Algérie)**
- **Quelques-unes de ses œuvres :**
  - *Les Hirondelles de Kaboul* (2002), roman
  - *Les Sirènes de Bagdad* (2006), roman
  - *Ce que le jour doit à la nuit* (2008), roman

De son vrai nom Mohammed Moulessehoul, Yasmina Khadra (pseudonyme créé à partir des deux prénoms de son épouse) est l'un des plus grands écrivains algériens de langue française actuels. Il est né le 10 janvier 1955 à Kenadsa, dans le Sahara algérien. Avant d'être romancier, il a été officier dans l'armée algérienne et a participé à la guerre contre le terrorisme. Il quitte l'armée en 2000 pour se consacrer à la littérature.

Ses œuvres principales sont, outre *L'Attentat* (2005), les deux autres volumes de sa trilogie consacrée au dialogue de sourds opposant l'Orient et l'Occident (*Les Hirondelles de Kaboul* et *Les Sirènes de Bagdad*), ainsi que *Ce que le jour doit à la nuit*, qui a été porté à l'écran en 2012.

L'ATTENTAT

AU PLUS PRÈS DU CONFLIT ISRAÉLO-PALESTINIEN

- **Genre :** roman
- **Édition de référence** : *L'Attentat*, Paris, Pocket, coll. « Littérature », 2008, 245 p.
- **1ʳᵉ édition :** 2005
- **Thématiques :** amour, violence, haine, conflit israélo-palestinien, religion, interculturalité

Paru en 2005, *L'Attentat* a obtenu de nombreux prix littéraires (notamment le prix des Libraires en 2006). Amine, le narrateur, travaille comme chirurgien à Tel Aviv alors que le conflit israélo-palestinien fait rage. Confronté à un attentat-suicide survenu dans le centre-ville, il apprend que sa femme, Sihem, en est l'auteure : elle s'est sacrifiée pour la cause palestinienne. Bouleversé, il n'aura dès lors de cesse de tenter de comprendre la raison qui l'a poussée à commettre cet acte.

S'il rend compte d'une réalité politicoculturelle qui continue d'ébranler l'opinion mondiale, ce roman, loin de prendre position face au conflit, est résolument tourné vers l'humain et la vie.

RÉSUMÉ

UN CHOC TERRIBLE

Alors qu'un attentat-suicide vient tout juste d'avoir lieu dans un restaurant du quartier d'Haqirya, l'hôpital de Tel Aviv est pris d'assaut. Le bilan est lourd : dix-sept morts et de nombreux blessés. Amine Jaafari, un chirurgien palestinien bien intégré en terre juive, opère les survivants durant toute la journée. Alors qu'il vient de rentrer chez lui, Naveed Ronnen, un ami fonctionnaire de police, le presse de retourner à l'hôpital. À sa grande surprise, on lui demande d'identifier les restes de sa femme, Sihem, suspectée d'être l'auteure de l'attentat. Sous le choc, Amine perd conscience.

Soupçonné de complicité, le chirurgien est placé en garde à vue, interrogé par le capitaine Moshé et finalement relâché grâce à Naveed. Quelques jours plus tard, il est roué de coups par de jeunes Israéliens qui l'accusent de traitrise. Kim Sehuda, sa collègue, l'accueille chez elle pour quelque temps. En proie à un terrible questionnement, Amine ne peut se résoudre à accepter que sa femme soit l'auteure de l'attentat-suicide, jusqu'à ce qu'il découvre chez lui une lettre postée de Bethléem, dans laquelle elle lui demande pardon. Rassemblant les éléments dont il dispose, il décide de partir en terre palestinienne à la recherche d'un signe qu'il n'a pas su percevoir et qui lui permettrait de comprendre le geste de sa femme.

DANS LES PAS DE SIHEM

Désireux d'aider Amine dans sa quête de vérité, Kim l'accompagne dans les villes de Jérusalem et de Bethléem, où Sihem a séjourné peu avant l'attentat.

À Bethléem, Amine rejoint sa sœur de lait, Leila, et son mari, Yasser. Ils sont fiers du geste kamikaze posé par Sihem, de même que toute la ville. Chez eux, Amine aperçoit la Mercedes couleur crème dans laquelle un témoin aurait vu monter son épouse alors qu'elle disait prendre l'autobus pour Kafr Kanna.

Amine se rend plusieurs fois à la grande mosquée où l'imam Marwan a béni Sihem la veille de l'attentat. Aminé étant considéré comme un renégat, un groupe islamiste armé le dissuade d'approcher l'imam. Les services israéliens étant à la recherche de ce dernier, le chirurgien n'est pas le bienvenu en terre palestinienne. Pourtant, sa persévérance finit par payer : il obtient un entretien tendu avec le responsable religieux. Au même moment, à Tel Aviv, sa maison est vandalisée.

Finalement, un groupuscule islamiste met en scène l'enlèvement d'Amine. Il est reçu devant un chef de guerre, honoré d'être en présence de l'époux de la kamikaze. Or Amine est en profonde opposition avec cette cause : tandis que le chef de guerre a choisi la violence et le sacrifice, lui a choisi la médecine, c'est-à-dire la vie.

AU PLUS FORT DU CONFLIT

Après l'entrevue avec le chef de guerre, Kim et Amine rentrent à Tel Aviv. De retour chez lui, Amine met de l'ordre dans sa maison et dans ses pensées. C'est alors que lui apparait le signe qu'il n'a pas su voir : les dernières phrases que Sihem a échangées avec lui, disant qu'elle n'aimait pas le laisser seul et que ça allait lui sembler une éternité, étaient en réalité l'annonce qu'ils ne se reverraient plus avant longtemps. Amine feuillette un album photo dans lequel il voit Adel, son neveu, aux côtés de Sihem alors qu'ils ne sont pas censés se connaitre. Intrigué, il décide de reprendre l'enquête en allant à Karf Kanna, où on lui fait comprendre que son épouse aurait eu une liaison avec Adel.

Amine suit la piste d'Adel jusqu'à Janin, la ville de son enfance, lieu de terribles affrontements entre les forces armées israéliennes et les groupuscules palestiniens. Au-delà du mur de séparation construit en Cisjordanie, il comprend toute l'horreur de la guerre ainsi que les agissements de Sihem, qui fomentait son attentat depuis longtemps, et ce jusque dans leur propre maison, où avaient lieu des réunions de membres de la cause palestinienne.

UN MONDE OÙ LA MORT EST UNE FIN EN SOI

À Janin, Amine rejoint des membres de sa famille, dont son cousin Jamil qui pourra le mettre en contact avec Adel. Soupçonné d'être envoyé par le Shin Bet (l'agence de contrespionnage israélienne), Amine est capturé et emmené de force chez les moudjahidines, qui lui font comprendre la vanité de sa lutte et ce que sont vraiment la haine et l'humiliation. Pendant six jours, on le menace d'une exécution imminente afin de l'intimider. Le septième jour, il est libéré sous les yeux d'Adel, islamiste rallié à la Cause, qui lui explique comment tout a commencé et qui lui assure qu'il n'a eu aucune liaison avec Sihem.

Mais les points de vue des deux hommes sont décidément inconciliables : « Le monde qu'il me conte ne me sied pas. La mort y est une fin en soi. Pour un médecin, c'est le comble. » (chapitre XV) Amine est finalement mené chez le patriarche de la famille Jaafari, Omr, par Wissam, son petit-fils. Ce moment de répit n'est que de courte durée : en représailles de l'attentat-suicide que commet Wissam, des bulldozers israéliens s'apprêtent à raser la maison du patriarche pour y implanter des colonies juives. La famille entière est évacuée, et Faten, la fille d'Omr, disparait peu après.

Amine apprend qu'elle a été conduite à la mosquée de Janin pour recevoir la bénédiction du cheikh Marwan, un homme influent et respecté pour son âge et ses connaissances qui incite les Palestiniens à ne pas se laisser faire et à lutter contre Israël. Afin de prévenir un nouvel attentat-suicide, il se rend à Janin, où il cherche Faten à tout prix. C'est alors qu'on annonce une alerte au drone, ce qui interrompt le prêche. Mais il est trop tard : un missile explose près de la voiture du cheikh. Amine est happé par l'explosion. À l'agonie, il se revoit enfant et heureux. Il reçoit les premiers soins et est emmené à l'hôpital, mais c'est en vain que les infirmiers dépêchés sur les lieux de l'explosion tentent de le sauver.

ÉTUDE DES PERSONNAGES

AMINE JAAFARI

Amine Jaafari est le narrateur interne du roman. Il vit à Tel Aviv, capitale de l'État hébreu. Chirurgien, il est le symbole même de l'intégration réussie d'un Palestinien en Israël. Jouissant d'une réputation honorable dans la région et connu jusqu'en Palestine, il a adopté, grâce à sa profession, un train de vie confortable. Petit-bourgeois, il possède une magnifique demeure dans l'un des quartiers les plus huppés de Tel Aviv. Amine peut en outre compter sur le soutien de son ami Naveed Ronnen et de sa collègue Kim Sehuda, ainsi que sur son directeur, Ezra Benhaïm, dont il est proche. Grâce à son confrère Ilan Ros, il trouve une résidence secondaire non loin d'Ashqelon, au bord de la mer. Amine est donc relativement bien intégré dans la société israélienne avant l'attentat.

En tant que chirurgien, il est à même de sauver la vie de ses patients et parvient à mener à bien la mission qu'il s'est assignée. À ses yeux, la vie humaine vaut plus que n'importe quelle cause : « Je hais les guerres et les révolutions, et ces histoires de violence rédemptrice [...] Je suis chirurgien », affirme-t-il (*ibid.*).

Fils de bédouin, d'origine arabo-musulmane et intégré en tant que laïc dans l'État juif israélien, Amine est à la croisée des deux pays. Il est totalement étranger au conflit israélo-palestinien, jusqu'à ce qu'il découvre, en sa femme, une martyre. Ils sont mariés depuis quinze ans et sont non-pratiquants, même si Sihem observe le ramadan. Il se rend alors compte qu'il n'a fait que l'idéaliser plutôt que de la vivre : « Comment aurais-je pu la vivre puisque je n'arrêtais pas de la rêver ? » (chapitre XII)

Amine a un sens aiguisé de l'honneur, ce qui le pousse à chercher la vérité à propos de sa femme et le conduit chez les intégristes, risquant par là même sa propre vie. Le roman s'ouvre et se clôt d'ailleurs sur une même vision apocalyptique : celle de l'explosion de la voiture du cheikh Marwan. Étranger au conflit, Amine est finalement aux premières loges de l'horreur que vit sa patrie et trouve la mort dans l'attaque d'un drone israélien.

SIHEM

Sihem était l'épouse d'Amine Jaafari. Auteure de l'attentat-suicide ayant frappé Tel Aviv, elle n'apparait dans le roman qu'à travers les évocations d'Amine et d'autres personnages.

Le portrait dressé par son mari évolue au fil du roman pour devenir de plus en plus contrasté. Ainsi, malgré les stigmates d'une enfance difficile passée en Palestine, Sihem était décrite comme heureuse bien que réservée. Le couple formé par Sihem et Amine était rempli d'amour : ils s'aimaient, voyageaient beaucoup et étaient entourés de nombreux amis. Ils avaient réussi leur vie en Israël.

Mais l'attentat-suicide révèle que les apparences étaient trompeuses, et Amine découvre l'autre facette de sa femme. Cette autre facette devient encore plus claire lorsqu'il rencontre Adel. Ce dernier lui confie que « Sihem n'était pas tellement sûre d'être digne de sa chance [...] Elle voulait mériter de vivre, [...] mériter son reflet dans le miroir [...], pas seulement profiter de ses chances » (chapitre XV). Il ajoute que « Sihem était plus proche de son peuple que de l'idée [qu'il se] faisai[t] d'elle. Elle était peut-être heureuse, mais pas suffisamment » (*ibid.*).

ADEL

Fils de Yasser et de Leila, la sœur d'Amine, Adel est le neveu du chirurgien, qu'il appelle *ammou* (« tonton »). Celui-ci croit le jeune homme plein d'intentions louables jusqu'à ce qu'il découvre la vérité. Il s'avère en effet qu'Adel fait partie de groupes islamistes se battant pour la cause palestinienne. Âgé d'une vingtaine d'années, il a un grand respect pour Sihem qui l'a « adopté sans coup férir » (chapitre X) et s'est dévouée pour leur cause. Amine le soupçonne d'ailleurs d'avoir eu une liaison avec sa femme, mais Adel nie catégoriquement cette accusation.

Amine ne rencontre Adel qu'à la fin de l'histoire, lorsqu'il est kidnappé par les terroristes. Leur confrontation, objectif du périple du narrateur en terre palestinienne, est la partie charnière du roman. On découvre qu'Adel et son oncle ont des visions du monde totalement incompatibles : le premier se bat pour la liberté de son peuple, alors que le second place la vie d'un individu au-dessus de n'importe quelle cause. Il refuse le monde d'Adel, « où la mort est une fin » (chapitre XV). Les deux hommes se quittent déçus et irréconciliables.

KIM SEHUDA

Amie de longue date d'Amine, Kim Sehuda est une collègue chirurgien qu'il connait depuis ses années universitaires. Belle et spontanée, elle « ne s'attardait pas là où les autres étudiantes retournaient sept fois la langue dans la bouche avant de demander du feu à un Arabe, même brillant et joli garçon » (chapitre I). À l'époque de l'université, les deux jeunes étudiants avaient ainsi flirté, mais Kim a rencontré un Russe dont elle est tombée éperdument amoureuse. Cet homme a fini par la quitter du jour au lendemain pour rentrer dans son pays.

De cette amourette restée à l'état de flirt est née une « formidable complicité » (*ibid.*). Au lendemain du drame qui touche son ami, Kim s'occupe d'Amine comme d'un frère malade : elle l'accueille chez elle, cherche à le raisonner, le soigne après son agression et finit par l'accompagner malgré ses colères et la dangerosité de l'enquête. Elle emmène Amine sur la côté, chez son grand-père Yehuda, pour l'éloigner de l'agitation de Tel Aviv. Kim sera aussi à ses côtés lors de son voyage insensé à Bethléem. Après ce premier périple sur les traces de Sihem, elle s'efface pour laisser Amine seul, jusqu'à disparaitre dans la dernière partie du roman.

Kim est donc une amie fidèle et dévouée, ayant « le cœur sur la main » (*ibid.*), qui accompagne Amine jusqu'à ce que ce dernier ne l'écarte de son enquête.

NAVEED RONNEN

Naveed Ronnen est un haut fonctionnaire de la police de

Tel Aviv. Avec son moral d'acier et son sens de l'humour, il fut l'un des « patients les plus attachants » d'Amine (chapitre II). La relation des deux hommes est devenue une vraie amitié après qu'Amine a opéré avec succès la mère de Naveed.

D'origine israélienne, Naveed est bien conscient de la réalité de son pays. Son travail le met d'ailleurs régulièrement en contact avec « toutes sortes d'énergumènes déjantés » (chapitre VII), dont les terroristes. Comme Kim, malgré l'agressivité et la méfiance de son ami, Naveed est toujours prêt à aider Amine. Le policier a, entre autres, fait libérer le chirurgien à deux reprises. Il partage également son incompréhension face à la détresse d'Amine concernant sa femme, Sihem :

> « Comment, bordel ! un être ordinaire, sain de corps et d'esprit, décide-t-il, au détour d'un fantasme ou d'une hallucination, de se croire investi d'une mission divine, de renoncer à ses rêves et à ses ambitions pour s'infliger une mort atroce au beau milieu de ce que la barbarie a de pire ? » (*ibid.*)

Naveed aidera Amine à aller en Palestine lors de son ultime voyage, malgré sa fonction dans la police.

FATEN

Petite-fille du doyen de la tribu, Omr, Faten Jaafari est « une fille costaude et rustre, forgée dans les corvées domestiques et l'austérité des hameaux enclavés » (chapitre XVI).

À 35 ans, elle a « bougrement manqué de pot » (*ibid.*) en enterrant son premier mari juste après ses noces et son fiancé juste avant la célébration. Depuis, elle a consacré sa vie à prendre soin du patriarche : « Sans elle, Omr ne tiendrait pas le coup. Les autres le soigneraient les premiers temps, puis finiraient par le négliger. » (*ibid.*)

Hostile aux Israéliens « qui n'ont pas plus de cœur que leur [bulldozer] » (*ibid.*), la destruction de la maison de son grand-père la fait basculer. Le lendemain, plus une trace d'elle : elle est partie s'engager pour la cause palestinienne. Amine, qui comprend que Faten a quitté les siens pour mourir en martyre, part à sa recherche à Janin : c'est ainsi qu'il se retrouve à la mosquée de la ville, où il perdra la vie dans un attentat.

CLÉS DE LECTURE

LE CONTEXTE HISTORICOPOLITIQUE

L'histoire prend place dans un climat de tension permanente entre Juifs et Arabes, « deux peuples élus qui ont choisi de faire de la terre bénie de Dieu un champ d'horreur et de colère » (chapitre XII), comme en témoigne la réaction d'un blessé juif pris dans l'attentat, qui refuse d'être soigné par Amine sous prétexte qu'il est palestinien.

Le conflit israélo-palestinien en quelques dates

À la fin du XIXe siècle, la Palestine, sous domination turque, est peuplée à 85 % par des musulmans, 10 % par des chrétiens et 5 % par des juifs.

Après la Première Guerre mondiale (1914-1918), le pays est placé sous mandat britannique.

Durant la Seconde Guerre mondiale (1939-1945), les pogromes, puis la Shoah – évoquée dans le roman par le grand-père de Kim – font naitre l'idée de la création d'un État juif. Des milliers de rescapés des camps émigrent en Palestine afin d'y créer un foyer national.

Les premières révoltes palestiniennes éclatent dans les années trente et sont réprimées par les Britanniques.

En 1947, les Britanniques se retirent du conflit, et l'ONU, créée au lendemain de la Seconde Guerre mondiale, vote le partage de la Palestine en deux États : l'un juif, l'autre arabe.

Quant à Jérusalem, ville chrétienne, juive et musulmane, « avec ses minarets et le clocher de ses églises [...] » (p. 141), elle est décrétée zone internationale.

Le 14 mai 1948, Israël proclame son indépendance. Il partage ses frontières avec l'Égypte et la bande de Gaza au sud-ouest, avec la Jordanie et la Cisjordanie à l'est, avec le Liban au nord et avec la Syrie au nord-est.

En 1949, alors qu'Israël devient membre de l'ONU, Gaza et la Cisjordanie sont sous contrôle arabe. Le plan de partage de l'ONU ne satisfait ni les uns ni les autres, et une guerre civile éclate, qui se mue en une guerre internationale.

En 1964 est créée l'Organisation de libération de la Palestine (OLP), dont Yasser Arafat (homme d'État palestinien, 1929-2004) est nommé président en 1969. Il devient président de l'Autorité palestinienne en 1996.

Les accords de paix d'Oslo, en 1993, prévoient la création d'un État palestinien.

En 2002, une barrière de sécurité est créée le long de la frontière avec la Cisjordanie et protège environ 15 % des colonies juives qui y sont implantées. Ce mur de séparation a pour fonction d'empêcher les attaques terroristes pales-tiniennes. Le mur est évoqué à plusieurs reprises dans le roman :

> « Pourtant j'en ai vu des choses depuis que je suis passé de l'autre côté du Mur : les hameaux en état de siège ; les check-points à chaque bretelle ; des routes jalonnées de voitures

carbonisées, foudroyées par les drones ; les cohortes de damnés attendant leur tour d'être contrôlés, bousculés et souvent refoulés [...]. » (chapitre XIV)

Les références historiques utilisées dans le roman

Le roman, loin d'être tout à fait fictionnel, fonde sa trame sur des faits réels et donne ainsi matière à réflexion sur le conflit israélo-palestinien. Faisant directement écho à la réalité historique, le récit évoque des mouvements et des personnages qui ont directement animé et marqué cette guerre.

L'histoire d'Amine s'ancre donc dans un contexte bien particulier et se déroule vraisemblablement durant la seconde Intifada (qui a lieu de 2000 à 2004). L'Intifada, signifiant littéralement « soulèvement », désigne le mouvement de révolte palestinien contre l'occupation israélienne. Elle est également appelée « guerre des pierres », surnom auquel l'épisode de la lapidation des chars israéliens par des enfants fait écho (*ibid.*).

Deux groupes majeurs prennent part à cette révolte : le Jihad islamique, une organisation indépendantiste considérée comme terroriste par les principaux membres de l'ONU, et le Hamas, un mouvement islamiste constitué d'une branche politique et d'une branche armée, principalement actif à Gaza, et visant à terme la destruction de l'État d'Israël.

D'autres organisations œuvrant pour l'indépendance de la Palestine sont mises en scène. L'auteur montre ainsi à l'œuvre les brigades des martyrs d'al-Aqsa, l'une des milices de la faction du Fatah, un mouvement politique et militaire palestinien créé en 1959 par Yasser Arafat.

Du côté israélien, le roman ne manque pas de faire référence à un personnage incontournable de l'Histoire de l'État hébreu, Ariel Sharon (général et homme d'État israélien, 1928-2014), qui fut le plus grand commandant de l'armée d'Israël. À la tête d'un gouvernement de droite, celui-ci a occupé le poste de Premier ministre de 2001 à 2006.

Par ailleurs, le Shin Beth, le service de contrespionnage israélien connu également sous le nom de Shabak, est lui aussi intégré à la trame fictionnelle. Amine est en effet accusé par les groupes terroristes d'avoir été envoyé par ce service, qui prévient toute attaque du territoire israélien.

LA POLYPHONIE DU RÉCIT

La multiplicité des points de vue

En abordant un thème aussi conflictuel, le risque était de prendre parti et de choisir un camp, même de manière inconsciente. L'auteur parvient pourtant à déjouer ce piège en multipliant les points de vue. Au fil de son enquête, Amine pérégrine en Israël et en Palestine et rencontre divers acteurs du conflit. Il est ainsi confronté à différents types de réaction :

- **l'ignorance du conflit**. Avant d'être personnellement touché, Amine faisait partie des citoyens qui ignoraient le conflit ou, plutôt, qui fermaient les yeux sur ce qui « sapent les appels à la réconciliation de deux peuples élus qui ont choisi de faire de la terre bénie de Dieu un champ d'horreur et de colère » (chapitre XII). Le chirurgien représentait donc une tranche de la population qui, si elle ne se sent pas concernée par le conflit, ne reste tout de même pas insensible. Elle reste plutôt en-dehors du conflit et n'« applaudit [pas] le combat des uns ou [ne condamne] celui des autres, leur trouvant à tous une attitude déraisonnable et navrante » (*ibid.*). Elle se contente d'essayer de (sur)vivre. Amine exprime pourtant un certain engagement : « Entre tendre l'autre joue et rendre les coups, j'ai choisi de soulager les patients. » (*ibid.*) ;

- **la méfiance, voire le racisme**. Nés de décennies d'un conflit sanglant, la méfiance et le racisme sont monnaie courante. En Israël, Amine a souvent dû composer avec ce racisme latent. Il en fait l'expérience régulièrement depuis l'université : « Conscient des stéréotypes qui m'exposent sur la place publique, je m'évertue à les surmonter un à un, offrant le meilleur de moi-même et prenant sur moi les incartades de mes camarades juifs. » (chapitre VIII) Ainsi, Ilan Ros a toujours été jaloux d'Amine, ses origines le faisant douter de lui. Cependant, la paranoïa augmente après l'attentat : Amine est contrôlé par la police à de nombreuses reprises, et même molesté chez lui par de jeunes Israéliens, tandis qu'en Palestine, il est suspecté d'être envoyé par les services de renseignements israéliens ;

- **la confiance en l'individu**. Bien qu'ils soient touchés par le conflit sanglant, certains passent outre la généralisation pour se focaliser sur les individus qui leur font face. Ces derniers sont ainsi considérés comme des êtres à part entière auxquels on doit laisser le bénéfice du doute, qu'importe l'opinion de la majorité. Pour Amine, ces personnes sont, d'une part, ses amis (Kim, Naveed, Ezra Benhaïm ou le vitrier) et, d'autre part, ses patients.

Pour les premiers, Amine est un ami cher et apprécié. Ezra Benhaïm, directeur de l'hôpital, a soutenu Amine dès les premiers instants « pour tenir à distance [ses] détracteurs » (chapitre I). Les prouesses d'Amine en tant que chirurgien montraient sa valeur, et ses origines bédouines ne lui importaient guère.

Pour les seconds, Amine est le chirurgien qui les a guéris, voire sauvés de la mort : peu importe donc ses origines, il exerce son métier avec brio et ne mérite pas d'être victime de racisme. Plusieurs anciens patients se sont d'ailleurs manifestés en réaction à une pétition contre le retour d'Amine à l'hôpital. Lancée par Ilan Ros, la pétition a rencontré un franc succès, laissant l'hôpital dans l'embarras, pris entre deux feux (les patients réclamant son retour, et les signataires s'y opposant) ;

- **l'engagement passif**. Il concerne une autre grande frange de la population. De part et d'autre, les individus prennent position en faveur de leur patrie respective : « Ce sont les Palestiniens qui refusent d'entendre raison », peut-on entendre du côté israélien (chapitre V). Quant aux Palestiniens, nombre d'entre eux expriment leur fierté à Amine pour le sacrifice de Sihem. Yasser et son épouse, Leila, sœur de lait d'Amine, comptent parmi eux : leur fils confie que « ce sont des militants aussi » (chapitre XV). Mais cette prise de position nationaliste n'implique pas nécessairement un passage à l'acte ;

- **l'engagement actif, souvent violent**. Pour certains, l'engagement est réel et est marqué par des actes. Ils sont souvent liés à des structures plus ou moins grandes, telles que le Jihad islamique, le Hamas ou al-Aqsa, contre lesquelles la police et les services secrets israéliens luttent. Un jeu du chat et de la souris s'est engagé entre les deux partis depuis un long moment, et la violence est omniprésente. Ainsi, alors que le cheikh Marwan appelle les Palestiniens à rejoindre la cause et à agir, les services secrets israéliens lancent des attaques là où il prêche. Le commandeur rencontré par Amine non loin de Janin lui explique le problème :

> « On [...] refuse ce rêve [aux jeunes Palestiniens]. On cherche à les cantonner dans des ghettos [...] C'est pour ça qu'ils préfèrent mourir. Quand les rêves sont éconduits, la mort devient l'ultime salut... » (chapitre XV)

Adel, Sihem ou encore Wissam se sont engagés pour la cause palestinienne ; les deux derniers ont été jusqu'à sacrifier leur vie pour elle.

Entre l'engagement passif et actif, la frontière est mince. En ce sens, l'exemple de Faten est parlant : menant une vie relativement paisible dans un village palestinien, elle bascule pourtant du côté de l'engagement actif après la destruction de sa maison par les représailles israéliennes.

La réflexion

Cette quête de la vérité menée par Amine révèle un homme profondément humaniste délivrant un message de paix et de tolérance. Comme lui, des Israéliens et des Palestiniens réfléchissent à propos de ce conflit insensé. Naveed met des mots sur l'absurdité du conflit :

> « Le temps de ramasser nos morts, nos états-majors leur expédient des hélicos pour foutre en l'air leur taudis. Au moment où nos gouvernants se préparent à crier victoire, un autre attentat remet les pendules à l'heure. Ça va durer jusqu'à quand ? » (chapitre V)

De l'autre côté du mur, Amine rencontre Zeev, un ermite avec lequel il converse longuement. Au gré de leurs échanges, une réalité leur apparait : « Tout Juif de Palestine est un peu arabe et aucun Arabe d'Israël ne peut prétendre ne pas être un peu juif [...]. Alors, pourquoi tant de haine dans une même consanguinité ? » (chapitre XVI)

Tant côté israélien que palestinien, les attitudes sont variables. Empêtrés dans un conflit qui semble insoluble, les deux camps s'entêtent dans la violence sans prendre de recul. Cette somme de points de vue met en lumière leur intransigeance. Elle révèle également un point commun aux deux peuples : le nombre inchiffrable de victimes de part et d'autre. Par son approche polyphonique, le roman fait réfléchir le lecteur.

LA FORME

Les procédés stylistiques

Le roman s'ouvre et se ferme sur un même motif : le narrateur est pris dans une attaque fulgurante qui avait pour cible la voiture du cheikh Marwan. Ce procédé stylistique est une épanadiplose narrative qui consiste en la répétition d'un motif ou d'une scène initial(e) à la fin de l'intrigue. La narration réserve donc une première surprise au lecteur, qui, lorsqu'il arrive au dernier chapitre du livre, lui trouve un air de déjà-vu, se remémorant inévitablement le début du roman.L'auteur a sans doute voulu signifier, par ce procédé, que l'œuvre littéraire, touchant à sa fin, se referme sur elle-même.

Une seconde surprise attend pourtant le lecteur, qui peut penser légitimement que cette première explosion est celle à laquelle renvoie le titre du roman. Or l'attentat dont il est question ne survient que dans le chapitre suivant : le lecteur est déconcerté par ce rebondissement et doit revenir sur son attente de départ. L'interprétation du titre peut donc être polysémique.

Le roman s'ouvre en réalité sur la fin de l'histoire : la mort accidentelle du narrateur, Amine Jaafari. Ce procédé narratologique, qui consiste à mentionner des évènements qui ne se produiront que bien après dans l'intrigue, est appelé une prolepse : les chapitres suivants se passent en effet avant la mort d'Amine, puisqu'ils le voient assister à l'attentat, apprendre la culpabilité de sa femme et mener son enquête.

Du point de vue de la thématique, l'insistance sur le même évènement a une double fonction :

- **la répétition**. Les explosions et les assauts des drones israéliens se répètent, ce qui donne l'impression que les attaques ne cesseront jamais, de part et d'autre du mur ;
- **l'écho**. L'explosion finale fait écho à celle dont Sihem est l'auteure au début du roman. Les deux peuples sont directement confrontés à l'horreur de la guerre

civile. La douleur et les souffrances des Israéliens et des Palestiniens se font elles aussi écho : ainsi, quand les uns sont touchés, il ne faut pas attendre longtemps pour que les autres subissent à leur tour les représailles.

La voix narrative utilisée est la première personne du singulier. Cela souligne cette quête d'un homme seul, pris dans un conflit géopolitique complexe. Amine Jaafari est ainsi le témoin direct des évènements qu'il nous raconte. Le livre se clôt sur la mort du narrateur : les derniers mots du roman sont vraisemblablement ses ultimes pensées, l'occasion de se remémorer les paroles de son père : « On peut tout te prendre ; tes biens, tes plus belles années, l'ensemble de tes joies, et l'ensemble de tes mérites, jusqu'à ta dernière chemise – il te restera toujours tes rêves pour réinventer le monde que l'on t'a confisqué. » (chapitre XVI)

Le monologue intérieur

Grâce au monologue intérieur, le lecteur est plongé dans les pensées les plus secrètes du personnage principal, Amine. Cet accès à son intériorité brouille les frontières : la parole se meut en pensées et la pensée, en paroles. Il permet donc une proximité importante et une compréhension plus en profondeur du personnage principal.

Syntaxiquement, le brouillage se ressent également : certaines lacunes apparaissent pour créer une forme propre au monologue intérieur. Les phrases sont, par moment, plus courtes et sans verbe : « Me revoici dans mon quartier. Tel un fantôme sur les lieux du crime. » (chapitre VI) Elles suivent aussi le court de la pensée, par une suite de mots (substantifs, adjectifs, etc.), ou en s'interrompant brusquement : « C'est à cet endroit précis que ma mère avait enterré mon chiot, mort-né. J'avais un tel chagrin qu'elle avait pleuré avec moi. Ma mère… une âme charitable […]. » (chapitre XVI)

De plus, le monologue intérieur est souvent porteur de thèmes spécifiques, à l'instar de l'interrogation, la réflexion identitaire, la recherche de confirmation, le doute, l'hypothèse, etc. Face à l'innommable, l'incompréhension et la remise en question chamboulent un Amine, tour à tour interdit, désemparé et frénétique. Aussi, à la lecture de la lettre de Sihem, ses « ultimes repères foutent le camp » (chapitre VI).

Ce choix stylistique permet de suivre la « douloureuse quête de vérité […] le voyage initiatique » d'Amine au plus près de ses préoccupations, questionnements et avancées (chapitre XV). L'évolution et la prise de conscience du personnage principal sont accessibles à l'entendement du lecteur qui a toutes les cartes en main pour appréhender ce parcours.

Un langage poétique

Le roman regorge de métaphores, et le langage employé est empreint de poésie. La forme entre ainsi en contraste avec le contenu même de l'œuvre qui, traitant de terrorisme et de violence sanglante, est aussi noir et tragique que prosaïque. Ce procédé est caractéristique de l'ambivalence entre la paix et le vœu d'humanité du héros d'une part, et les terribles attentats-suicides palestiniens et autres attaques ciblées israéliennes d'autre part. Une grande beauté se dégage de ce contraste :

> « La nuit se prépare à lever le camp tandis que l'aurore s'impatiente aux portes de la ville [...] Dans le ciel où nulle trace de romance ne subsiste, pas un nuage ne se propose de modérer le zèle éclatant du jour en train de naître. Sa lumière se voudrait Révélation qu'elle ne réchaufferait pas mon âme. » (chapitre III)

On ressent dans l'écriture une douleur liée au contexte et mêlée à la beauté du pays. Il y a de nombreuses métaphores relatives à la mer (« Un paquebot scintille au large. Plus près, les vagues se jettent éperdument contre les rochers. Leur fracas résonne dans ma tête comme des coups de massue », chapitre IV). C'est une écriture romantique, mêlant les éléments naturels aux sentiments humains. La poésie forme ainsi une sorte de bouclier contre la trivialité guerrière du conflit. Yasmina Khadra confie d'ailleurs dans un entretien avoir écrit *L'Attentat* « pour dénoncer l'absurdité de cette guerre, pour éveiller les gens à cette tragédie humaine et aux injustices qu'elle engendre, pour montrer toute l'inconsistance des idéologies qui squattent les esprits et transforment les puissants en bourreaux. Car, il n'y a rien au-dessus de la vie d'un homme, ni doctrine ni idéologie, et aucune Cause n'est supérieure au droit à la vie. Rien, non plus, ne nous appartient sur Terre, ni patrie ni patrimoine car la seule richesse légitime qui nous revient est notre propre vie. » (URQUIZA L., « Le romancier Yasmina Khadra répond à vos questions », in *La Banque mondiale*) Il prend donc position, non pas pour l'un ou l'autre camp, mais contre la guerre en général...

PISTES DE RÉFLEXION

QUELQUES QUESTIONS POUR APPROFONDIR SA RÉFLEXION...

- Quel est, selon vous, le message délivré dans *L'Attentat* ? Par l'intermédiaire de quel personnage est-il véhiculé ?
- Comment interprétez-vous le titre du roman ?
- Expliquez le rapport qu'entretient Amine avec ses origines. Est-il en contradiction avec elles ?
- « Entre tendre l'autre joue et rendre les coups, j'ai choisi de soulager les patients. » (chapitre XII) Au regard de cette phrase prononcée par Amine, comment est perçu le respect de la vie de l'individu par rapport au combat pour une cause plus « grande », celle de la liberté d'un peuple ?
- Rapprochez le message de *L'Attentat* et la phrase d'Albert Camus (écrivain français, 1913-1960) s'exprimant au sujet de la guerre d'Algérie (1954-1962) lors de son discours d'intronisation au prix Nobel : « En ce moment, on lance des bombes dans les tramways d'Alger. Ma mère peut se trouver dans un de ces tramways. Si c'est cela la justice, je préfère ma mère. » (cité par Alain Finkielkraut in *Un cœur intelligent*, Paris, Stock/Flammarion, 2009, p. 119).
- Amine place l'amour pour sa femme au-dessus d'une guerre au nom d'idéaux supérieurs. Est-ce là une attitude égoïste ? Justifiez et développez vos idées sur la question de l'amour dans ce roman.
- À l'instar d'Amine, peut-on être à la fois neutre et engagé, quel que soit le contexte ? Expliquez.
- Comparez la situation à Tel Aviv avec celle de Jérusalem et de Bethléem, ainsi qu'avec celle de Janin.

- Par certains aspects, *L'Attentat* peut être qualifié de roman noir. En quoi appartient-il à ce genre littéraire ? Expliquez.
- Après l'avoir visionné, comparez la construction narrative du film avec celle du roman. Quel point de vue le scénariste a-t-il choisi ? L'adaptation est-elle réussie, selon vous ?

Votre avis nous intéresse !
Laissez un commentaire sur le site de votre librairie en ligne
et partagez vos coups de cœur sur les réseaux sociaux !

POUR ALLER PLUS LOIN

ÉDITION DE RÉFÉRENCE

- KHADRA Y., *L'Attentat*, Paris, Pocket, coll. « Littérature », 2008.

ÉTUDES DE RÉFÉRENCE

- FINKIELKRAUT A., *Un cœur intelligent*, Paris, Stock-Flammarion, 2009.
- KERNEISS S., « Dossier pédagogique », in *Une bouteille dans la mer de Gaza*, consulté le 13 juin 2014.
- « Israël-Palestine. Histoire d'un conflit », in *Francetvéducation*, consulté le 13 juin 2014, http://education.francetv.fr/israel_palestine/accueil.html?noredirection
- URQUIZA L., « Le romancier Yasmina Khadra répond à vos questions », in *La Banque mondiale*, consulté le 19 décembre 2016, http://blogs.worldbank.org/youthink/fr/le-romancier-yasmina-khadra-r-pond-vos-questions

ADAPTATIONS

- *L'Attentat*, bande dessinée de Loïc Dauvillier et de Glen Chapron, France, Glénat, 2012.
- *L'Attentat*, film de Ziad Doueiri, avec Ali Suliman, Evgenia Dodina et Reymonde Amsellem, Liban, 2013.

SUR LEPETITLITTÉRAIRE.FR

- Fiche de lecture sur *Ce que le jour doit à la nuit* de Yasmina Khadra.

Retrouvez notre offre complète sur lePetitLittéraire.fr

- des fiches de lectures
- des commentaires littéraires
- des questionnaires de lecture
- des résumés

ANOUILH
- Antigone

AUSTEN
- Orgueil et Préjugés

BALZAC
- Eugénie Grandet
- Le Père Goriot
- Illusions perdues

BARJAVEL
- La Nuit des temps

BEAUMARCHAIS
- Le Mariage de Figaro

BECKETT
- En attendant Godot

BRETON
- Nadja

CAMUS
- La Peste
- Les Justes
- L'Étranger

CARRÈRE
- Limonov

CÉLINE
- Voyage au bout de la nuit

CERVANTÈS
- Don Quichotte de la Manche

CHATEAUBRIAND
- Mémoires d'outre-tombe

CHODERLOS DE LACLOS
- Les Liaisons dangereuses

CHRÉTIEN DE TROYES
- Yvain ou le Chevalier au lion

CHRISTIE
- Dix Petits Nègres

CLAUDEL
- La Petite Fille de Monsieur Linh
- Le Rapport de Brodeck

COELHO
- L'Alchimiste

CONAN DOYLE
- Le Chien des Baskerville

DAI SIJIE
- Balzac et la Petite Tailleuse chinoise

DE GAULLE
- Mémoires de guerre III. Le Salut. 1944-1946

DE VIGAN
- No et moi

DICKER
- La Vérité sur l'affaire Harry Quebert

DIDEROT
- Supplément au Voyage de Bougainville

DUMAS
- Les Trois
  Mousquetaires

ÉNARD
- Parlez-leur
  de batailles,
  de rois et
  d'éléphants

FERRARI
- Le Sermon sur la
  chute de Rome

FLAUBERT
- Madame Bovary

FRANK
- Journal
  d'Anne Frank

FRED VARGAS
- Pars vite et
  reviens tard

GARY
- La Vie devant soi

GAUDÉ
- La Mort du
  roi Tsongor
- Le Soleil des
  Scorta

GAUTIER
- La Morte
  amoureuse
- Le Capitaine
  Fracasse

GAVALDA
- 35 kilos d'espoir

GIDE
- Les
  Faux-Monnayeurs

GIONO
- Le Grand
  Troupeau
- Le Hussard
  sur le toit

GIRAUDOUX
- La guerre de
  Troie
  n'aura pas lieu

GOLDING
- Sa Majesté des
  Mouches

GRIMBERT
- Un secret

HEMINGWAY
- Le Vieil Homme
  et la Mer

HESSEL
- Indignez-vous !

HOMÈRE
- L'Odyssée

HUGO
- Le Dernier Jour
  d'un condamné
- Les Misérables
- Notre-Dame
  de Paris

HUXLEY
- Le Meilleur
  des mondes

IONESCO
- Rhinocéros
- La Cantatrice
  chauve

JARY
- Ubu roi

JENNI
- L'Art français
  de la guerre

JOFFO
- Un sac de billes

KAFKA
- La Métamorphose

KEROUAC
- Sur la route

KESSEL
- Le Lion

LARSSON
- Millenium I. Les
  hommes qui
  n'aimaient pas
  les femmes

LE CLÉZIO
- Mondo

LEVI
- Si c'est un
  homme

LEVY
- Et si c'était vrai...

MAALOUF
- Léon l'Africain

MALRAUX
- La Condition humaine

MARIVAUX
- La Double Inconstance
- Le Jeu de l'amour et du hasard

MARTINEZ
- Du domaine des murmures

MAUPASSANT
- Boule de suif
- Le Horla
- Une vie

MAURIAC
- Le Nœud de vipères

MAURIAC
- Le Sagouin

MÉRIMÉE
- Tamango
- Colomba

MERLE
- La mort est mon métier

MOLIÈRE
- Le Misanthrope
- L'Avare
- Le Bourgeois gentilhomme

MONTAIGNE
- Essais

MORPURGO
- Le Roi Arthur

MUSSET
- Lorenzaccio

MUSSO
- Que serais-je sans toi ?

NOTHOMB
- Stupeur et Tremblements

ORWELL
- La Ferme des animaux
- 1984

PAGNOL
- La Gloire de mon père

PANCOL
- Les Yeux jaunes des crocodiles

PASCAL
- Pensées

PENNAC
- Au bonheur des ogres

POE
- La Chute de la maison Usher

PROUST
- Du côté de chez Swann

QUENEAU
- Zazie dans le métro

QUIGNARD
- Tous les matins du monde

RABELAIS
- Gargantua

RACINE
- Andromaque
- Britannicus
- Phèdre

ROUSSEAU
- Confessions

ROSTAND
- Cyrano de Bergerac

ROWLING
- Harry Potter à l'école des sorciers

SAINT-EXUPÉRY
- Le Petit Prince
- Vol de nuit

SARTRE
- Huis clos
- La Nausée
- Les Mouches

SCHLINK
- Le Liseur

SCHMITT
- La Part de l'autre
- Oscar et la Dame rose

SEPULVEDA
- Le Vieux qui lisait des romans d'amour

SHAKESPEARE
- Roméo et Juliette

SIMENON
- Le Chien jaune

STEEMAN
- L'Assassin habite au 21

STEINBECK
- Des souris et des hommes

STENDHAL
- Le Rouge et le Noir

STEVENSON
- L'Île au trésor

SÜSKIND
- Le Parfum

TOLSTOÏ
- Anna Karénine

TOURNIER
- Vendredi ou la Vie sauvage

TOUSSAINT
- Fuir

UHLMAN
- L'Ami retrouvé

VERNE
- Le Tour du monde en 80 jours
- Vingt mille lieues sous les mers
- Voyage au centre de la terre

VIAN
- L'Écume des jours

VOLTAIRE
- Candide

WELLS
- La Guerre des mondes

YOURCENAR
- Mémoires d'Hadrien

ZOLA
- Au bonheur des dames
- L'Assommoir
- Germinal

ZWEIG
- Le Joueur d'échecs

ISBN version numérique : 978-2-8062-5877-9
ISBN version papier : 978-2-8062-5891-5
Dépôt légal : D/2014/12603/203

Avec la collaboration de Florence Balthasar pour l'étude des personnages de Kim Sehuda, de Naveed Ronnen, de Faten et de Sihem, ainsi que pour les chapitres « La polyphonie du récit » et « Le monologue intérieur ».

Conception numérique : Primento,
le partenaire numérique des éditeurs.

Ce titre a été réalisé avec le soutien de la Fédération Wallonie-Bruxelles, Service général des Lettres et du Livre.